UN SECRET D'ÉTAT,

COMÉDIE-VAUDEVILLE EN UN ACTE.

PAR MM. LEMOINE-MONTIGNY ET LEFORT.

REPRÉSENTÉE POUR LA PREMIÈRE FOIS, SUR LE THÉATRE DE L'AMBIGU-COMIQUE,
LE 27 NOVEMBRE 1836.

PARIS,

NOBIS, ÉDITEUR, RUE DU CAIRE, N° 5.

—

1836.

*Personnages.**Acteurs.*

LE PRINCE DE MASSÉRANO, ambassadeur d'Espagne.	MM. ST.-FIRMIN.
FERDINAND DE CASTELNERO, colonel d'état-major.	CULLIER.
GABRIEL FORTIN, son ami.	MUNIÉ.
UN SUISSE.	GARCIN.
UN DOMESTIQUE AUVERGNAT.	MONNET.
LA MARQUISE DE CASTELNERO, mère de Ferdinand.	Mmes STÉPHANIE.
CAROLINE, femme de Ferdinand.	BERGEON.
CÉLESTE NADAU, pupille de la marquise.	MARIA.
DEUX DOMESTIQUES, personnages muets.	

La scène est à Paris en 1806

Les personnages sont inscrits dans l'ordre qu'ils occupent à la scène, le premier tient la droite de l'acteur.

J.-R. MEVREL, Passage du Caire, 54.

UN SECRET D'ÉTAT,

COMÉDIE-VAUDEVILLE EN UN ACTE.

Un salon à l'hôtel de Castelnéro.

SCÈNE I.

FERDINAND, GABRIEL.

(Ils entrent du fond.)

FERDINAND.

Comment, vilain sournois, depuis un mois que Paris vous possède, c'est aujourd'hui la première fois que vous paraissez à l'hôtel de Castelnéro!.. vous oubliez donc vos amis?

GABRIEL.

Oublier mes amis!.. des amis tels que toi... mais on leur serait fidèle, quand ce ne serait que par amour-propre... Le colonel Ferdinand de Castelnéro, premier aide-de-camp du maréchal Lannes... un des vainqueurs d'Austerlitz... et mon ancien camarade de classe!.. oh! non... mais je te croyais en tournée.

FERDINAND.

Depuis huit jours, le Journal de l'Empire a annoncé le retour du maréchal. D'ailleurs ma femme était ici... ma mère également.

GABRIEL.

Très bien, très bien... mais tu me connais... timide et rougissant comme une jeune fille...tu te rappelles... au collège, on m'appelait LE CANDIDE... eh bien, mon ami, je ne suis pas changé... et me présenter seul devant ces dames seules aussi... c'était trop mâle pour un adolescent... n'est-ce pas, mon cher colonel?

FERDINAND.

Allons donc, monsieur LE CANDIDE... dans votre petite ville de Tarbes, où je suis passé, on ne parlait que de vos bonnes fortunes... vous êtes le Lovelace des Hautes-Pyrénées.

GABRIEL.

Oh! non, non...mais on a ses petits moyens, ses petites occasions dont on sait profiter; tu penses bien qu'à mon âge... avec mon physique et ma tournure, un jeune homme ne vit pas d'eau fraîche seulement...aussi j'étais impatient de revoir Paris... D'abord parce qu'à Paris est celle que j'adore... car j'adore mademoiselle Céleste... ensuite...

Air du partage de la richesse.

J'aime Paris, la ville enchanteresse,
  Divin séjour, sol enivrant!
  Où tout vous parle de tendresse,
  Où l'on est heureux en courant..
Quoiqu'amoureux, j'ai dû payer moi-même
  Un tribut que chacun lui doit.
On vient ici pour voir tout ce qu'on aime,
On est forcé d'aimer tout ce qu'on voit:

FERDINAND.

Diable! mon ami... pour un candide...

GABRIEL.

Ça t'étonne... écoute, colonel... Nous sommes intimes... je te dois plus qu'une demi-confidence... vu ton grade et notre amitié.

FERDINAND.

Qu'as-tu à m'apprendre?..

GABRIEL.

N'allons pas si vite... tu sauras tout... Tu sais déjà pourquoi je suis venu à Paris?.. pour me marier... c'est très moral. Ta mère, madame la marquise a bien voulu me mettre de côté une épouse de son choix... une jeune fille naïve et gentille, à ce qu'on dit... pour moi qui suis ce que tu sais et... ce que l'on voit; une héritière de quatre cent mille francs et pas noble. pour moi qui n'ai d'autre noblesse que vingt-cinq mille livres de rente.

FERDINAND.

C'est la bonne.

GABRIEL.

C'est toi qui es trop bon... Revenons à l'héritière... je la prends de confiance... c'est encore très moral.

FERDINAND.

Où veux-tu en venir?

GABRIEL.

Toujours trop vite!.. J'arrive il y a un mois... en février... plein carnaval, le carnaval à Paris!.. je ne l'avais jamais vu que du vivant de papa... de loin... à la fenêtre... quand je regardais passer les masques... ce n'est pas ça. D'un autre côté, je me disais: une fois marié... une fois le oui fatal prononcé... comme je veux être le modèle des maris, plus de folies!.. si je ne fais pas cette année, le carnaval des garçons, je ne le ferai jamais...

FERDINAND

Eh bien?..

GABRIEL.

Eh bien, mon ami, tu n'étais pas là... toi, mon mentor... j'ai voulu me lancer... et je suis parti en bacchante... avec une peau de tigre, une couronne de pampres, un thyrse et quelques feuilles de vigne...

FERDINAND, riant.

Vraiment!..

GABRIEL.

Parole d'honneur!.. je voulais à tout prix des aventures... et j'en ai eu de toutes les couleurs... de charmantes, d'étourdissantes... la dernière surtout, écoute-la, mon cher, ça tient du roman.

FERDINAND.

Voyons le roman?

GABRIEL.

Le mardi gras, je soupais, moi candide, avec une douzaine de mes amis, déguisés en satyres... c'était chez un restaurateur de la rue des Filles-Saint-Thomas... c'est bien la rue des Filles-Saint-Thomas, celle qui longe l'emplacement où l'on doit construire la nouvelle bourse?..

FERDINAND.

Oui, c'est bien cela.

GABRIEL.

Nous devions passer la nuit à courir les bals... Et préalablement, pour nous donner... ou plutôt pour me donner l'aplomb nécessaire, car mes amis n'en manquaient pas d'aplomb... dix bols de bischop au Champagne avaient été votés à la majorité imposante de onze voix contre une.... c'était la mienne... Je me trouvais déjà bien comme cela; je chancelais comme un Silène... mais j'étais hardi comme un César... A telle enseigne que je parlais tout haut à la dame du comptoir; je caressais son chien, je dialoguais avec son perroquet... et tout cela devant mes amis.... ça m'était égal... Je n'avais pas peur... j'étais très bien!

FERDINAND, avec un sérieux comique.

Ceci devient grave.

GABRIEL.

Tu n'es pas au bout!.. Pendant le sacrifice des susdits bischops en l'honneur des bacchanales, j'allais, je venais, je faisais les cent pas..... particulièrement devant les portes des cabinets particuliers, j'étais très bien... Tout-à-coup un cabinet s'ouvre, il en sort un monsieur d'un certain âge. La porte était restée entr'ouverte... J'entre... C'était une chose qu'on pouvait se permettre dans les jours gras, où l'on se permet tant de choses.

FERDINAND.

Et, dans ce bienheureux cabinet, tu trouves?..

GABRIEL.

Deux dames en dominos, l'un noir, l'autre rose. Le noir était resté assis et avait gardé son masque; outre cela, il se cachait la figure dans les deux plus jolies mains.... L'autre, le domino rose, qui n'avait plus de masque, tombe à mes pieds, en me suppliant de me retirer..... Un ange! mon cher!.. seize à dix-sept ans au plus!.. En ce moment le Champagne me travaillait d'une force.... Oh! j'étais bien, bien!...

FERDINAND.

Alors, que fais-tu ?

GABRIEL.

Je ne sais pas ce que j'allais faire, quand le cabinet se trouve envahi par mes amis, qui, de leur côté, n'étaient pas mal, les maudits satyres!.. Ils m'appelaient, criaient... c'était à faire trembler ! Aussi la jeune fille rose, qui était devenue toute pâle, se tenait si près de moi, que ses pieds foulaient un pan de mon manteau... car mon manteau couvrait ma peau de tigre... C'était heureux... j'aurais effrayé la pauvre petite qui me suppliait de la défendre, elle et sa compagne. J'étais trop bien pour rien refuser à deux femmes charmantes. Je lance à mes indiscrets amis un sortez tous ! des plus majestueux. J'avais mon thyrse à la main.... On me répond par un hourra d'éclats de rire.... Je ne sais pas trop ce qui advint, si ce n'est qu'on démoucheta deux fleurets, et ma foi....

Air : De sommeiller encor, ma chère

Ivre de rage et de Champagne,
La tête et les sens éperdus,
J'allais, je battais la campagne....
Ce que je fis, je ne m'en souviens plus.

FERDINAND.

Ainsi cette belle équipée,
Mon pauvre ami, ne t'a rapporté rien ?

GABRIEL.

Si fait vraiment... deux coups d'épée,
Après lesquels j'étais tout-à-fait bien.
Quand j'eus reçus deux coups d'épée,
Je me trouvai mon cher tout-à-fait bien.

FERDINAND.

Et les deux sylphides ?

GABRIEL.

Je ne les ai pas revues... excepté en rêve, pendant les trois jours de fièvre chaude qui ont suivi cette adorable aventure... Oh ! la petite rose surtout !.. je l'avais sans cesse devant les yeux... J'ai passé trois nuits de suite avec elle. Un instant je me suis mis dans la tête de la retrouver, et j'ai même fait pour cela des bêtises, des folies que je te conterai, colonel.

FERDINAND.

Qu'en voulais-tu faire ?.. ta femme ?

GABRIEL.

Allons donc! profond scélérat... tu sais aussi bien que moi qu'on n'épouse pas une aventure de mardi gras.... Ma femme !... mais c'est mademoiselle Céleste Nadau que je brûle de connaître, que j'adore déjà les yeux fermés, Car, je te le disais, je veux être un mari modèle, je veux aimer ma femme autant que toi la tienne.

FERDINAND.

Autant que moi... non, c'est trop; j'aime en jaloux.

GABRIEL.

Je veux aimer comme cela. C'est un défaut très distingué... Je serais au désespoir de ne pas être jaloux.... Je veux être l'Othello de mon département....

FERDINAND.

Tu as tort ; cela fait souffrir.... Croirais-tu que moi, tout certain que je suis de l'amour de ma femme, la seule pensée qu'avant d'être recherchée par moi, elle devait, par des arrangemens de famille, épouser son cousin. Cette pensée suffit pour me donner quelquefois les soupçons les plus ridicules, les craintes les plus absurdes.... Quand je m'éloigne surtout, quand le devoir me force de me séparer d'elle, si je ne la savais alors sous les yeux de ma mère, si je n'étais assuré qu'elle ne peut faire un pas sans être accompagnée par la marquise dont je connais les principes sévères..

GABRIEL.

Je conçois cela; mais tu es trop heureux... La marquise de Castelnéro... ce nom seul prévient tous les soupçons ridicules, fait taire toutes les craintes insensées, colonel.

FERDINAND.

C'est ce qui a pu me décider à habiter sous le même toit que ma mère : car tout n'est pas rose dans le caractère de la marquise... Hautaine, exigeante, minutieuse pour tout ce qui tient à l'étiquette... Et puis sa haine pour l'empereur.... Issue d'une des premières familles du Piémont, ancienne dame d'atours de la reine d'Espagne, ma mère oublie trop souvent que je me suis fait naturaliser Français, et que je sers l'empereur que j'admire et que j'aime.

GABRIEL.

Comme nous l'admirons tous! C'est un homme très capable, et si j'avais eu les inclinations militaires!... mais chacun ses petits moyens... Moi, j'ai tout ce qu'il faut de courage pour recevoir ou donner une piqûre de fleuret, mais la bataille rangée ça n'est pas dans mes goûts.

FERDINAND.

Tiens, si tu veux voir ta future, tu peux la juger avant qu'elle en fasse autant de toi, la voici.

(Ils se tiennent à l'écart. Céleste entre de la gauche.)

SCÈNE II.

LES MÊMES, CELESTE.

CÉLESTE, à la cantonnade.

Louise, passez donc ce matin chez Mme Deville... je n'ai pas une chaussure mettable... A elle-même El puisque ce monsieur doit venir aujourd'hui et qu'on m'a recommandé d'être belle....

FERDINAND, bas à Gabriel.

Comment la trouves-tu?

GABRIEL, de même.

Ravissante!.. Je ne la vois pas.... mais la taille!.. et puis le pied!... et elle se plaint d'être mal chaussée.... un pied d'Albanaise.

CÉLESTE, à elle-même.

Je suis bien sûre que celui-là ne me plaira pas comme l'autre.

FERDINAND, haut.

Mademoiselle Céleste, permettez-moi de vous présenter M. Gabriel Fortin, mon ami.

GABRIEL, s'avançant.

Mademoiselle... (A part Ah! mon dieu!

CÉLESTE, faisant la révérence.

Monsieur.... A part C'est lui!...

FERDINAND, bas à Gabriel.

Eh bien! qu'as-tu donc?

CÉLESTE.

Pardon, M. Ferdinand... pardon, messieurs... je ne m'attendais pas... C'est Caroline que je cherchais... Veuillez m'excuser.

(Elle salue de nouveau et sort par la droite.)

SCÈNE III.

GABRIEL, FERDINAND.

FERDINAND.

Gabriel, d'où vient la surprise?

GABRIEL.

AIR : Alerte.

C'est elle! (bis
Qui l'eût dit?
J'en suis interdit!
C'est elle! (bis)
J'en perds l'esprit.

FERDINAND.

Voudrais-tu m'expliquer la cause?...

GABRIEL.

Mon cher, c'est mon domino rose!

Gabriel, Ferdinand Céleste.
Ferdinand, Gabriel, Céleste

FERDINAND.

Ton domino?

GABRIEL.

Quel désespoir !
Le rose, je viens de le voir...
Et je vois tout en noir !

ENSEMBLE.

C'est elle ! etc., etc.

FERDINAND.

Mais es-tu bien sûr?..

GABRIEL.

Mon ami, je n'ai vu l'une et l'autre qu'un instant, c'est vrai ; mais si l'autre n'est pas identiquement la même que l'une, je voue mon nez et mes yeux aux lunettes pour le reste de mes jours.

FERDINAND.

As-tu réfléchi, Gabriel, que tu ne peux compromettre Céleste sans accuser aussi sa compagne de tous les instants.... ma femme?

GABRIEL.

J'avoue, colonel, que je n'y ai nullement réfléchi... Si j'avais pu prévoir... je t'aurais conté l'histoire des deux dominos comme s'il n'y en avait qu'un... Mais j'ai un esprit dont la présence ne se fait sentir qu'à de si longs intervalles....

FERDINAND.

Et le domino noir est resté masqué?

GABRIEL.

Oh ! masqué hermétiquement... Je défie qu'on donne sur le bout de son nez le moindre renseignement.

FERDINAND.

C'était elle!.. Oh ! bien certainement si l'une était Céleste....

GABRIEL.

Pour Mlle Céleste, c'est prouvé, comme deux et trois font cinq, colonel.

FERDINAND.

Prouvé par tes yeux?.. Mais si tu as mal vu...

GABRIEL.

ERRARE HUMANUM EST... Il est permis de voir trouble... mais je t'ai dit que je m'étais mis en tête de retrouver ce petit masque rose, que pour cela j'avais fait des niaiseries; eh bien! ces niaiseries-là seront des preuves aujourd'hui.

FERDINAND.

Et ces preuves où sont-elles?

GABRIEL.

A mon domicile.

FERDINAND.

Viens-y tous deux... La marquise ! qu'elle ne nous voie pas... partons.

(Il sortent par le fond.)

SCÈNE IV.

LA MARQUISE, UN DOMESTIQUE, puis TROIS DOMESTIQUES. encore sans livrée.

LA MARQUISE.

Faites entrer les nouveaux venus.

Le domestique sort. La marquise s'assied dans un fauteuil. Entrent les trois domestiques sans livrée. *)

LA MARQUISE.

Qui de vous trois m'est recommandé par le prince de Massérano, l'ambassadeur d'Espagne?

PREMIER DOMESTIQUE, avec l'accend allemand, et parlant bas.

Moi, matame.

LA MARQUISE.

Approchez. (Il fait un pas.) Vous êtes Suisse?

PREMIER DOMESTIQUE.

Oui, matame.

LA MARQUISE.

De quel canton?

* La marquise, Le Suisse, les deux Auvergnats.

PREMIER DOMESTIQUE.

Te Perne.

LA MARQUISE.

Catholique... cela va sans dire; marié?

PREMIER DOMESTIQUE.

Oui, matame.

LA MARQUISE.

Vous êtes petit... avez-vous bien l'accent d'un suisse?

PREMIER DOMESTIQUE, parlant toujours entre ses dents.

Oui, matame.

LA MARQUISE.

Ouvrez la bouche.

PREMIER DOMESTIQUE, ouvrant la bouche.

Il me manque trois dents.

LA MARQUISE.

Stupide!.. dites, en ouvrant la bouche : oui, madame.

PREMIER DOMESTIQUE, avec force.

Oui, màtâme.

LA MARQUISE.

Très bien. On m'assure que vous savez votre service: toujours en livrée toujours à votre poste, la grande tenue, le baudrier. Quand vous ouvrez la porte cochère pour moi ou pour mon fils, alors la hallebarde en main, le chapeau sur la tête; surtout de la mémoire... allez. (Il salue et sort. La marquise fait signe aux deux autres d'approcher, ils avancent en saluant.) De quel pays êtes-vous?

DEUXIÈME DOMESTIQUE, avec l'accent auvergnat.

D'Auvergne, madame.

LA MARQUISE.

Bonnes gens... sobres, délicats.

DEUXIÈME DOMESTIQUE, saluant,

Bien bonne, madame la marquije... je chommes pas trop délicats.

LA MARQUISE.

Assez.

DEUXIÈME DOMESTIQUE, saluant,

Oui, madame la marquije.

LA MARQUISE.

Est-ce que vous aviez l'habitude de saluer ainsi chez vos maîtres?

DEUXIÈME DOMESTIQUE, saluant.

En Auvergne... oui, madame la marquije... le rechepect...

LA MARQUISE.

Le respect consiste à se tenir debout, droit devant nous, comme un soldat sous les armes... à recevoir les ordres sans répondre... à vous lever quand nous passons, et à parler toujours à la troisième personne,

DEUXIÈME DOMESTIQUE.

Et quand madame la marquije chera toute cheule?

LA MARQUISE.

Ceci est de trop... allez... je vous reçois.   (Ils sortent tous deux.)

UN TROISIÈME DOMESTIQUE, en livrée, entre du fond et annonce :

Son excellence le prince de Masserano.

SCÈNE V.
LA MARQUISE, LE PRINCE.

LE PRINCE.

Bonjour, ma chère Bianca... j'accours près de vous.

LA MARQUISE.

Vous accourez, cher prince!.. et votre goutte?

LE PRINCE.

Eh! vraiment j'ai bien le temps d'avoir la goutte! je vais droit au fait : qu'est-ce qu'un ambassadeur sans ambassade?

LA MARQUISE.

Ah! bon Dieu! seriez-vous rappelé?

LE PRINCE.

Pas encore... mais d'un jour à l'autre...

LA MARQUISE.

Et le motif?.. vous aurez déplu au caporal-empereur?

LE PRINCE, effrayé.

Chut!.. faites-vous donc, Bianca, une habitude de parler plus bas.... et quand l'idée vous viendra de parler du grand homme, faites-vous l'habitude de ne pas parler du tout; cet homme admirable, voyez-vous, possède une police admirable comme lui... il a des armées sur tous les points de l'Europe, et des oreilles dans toutes les antichambres.

LA MARQUISE.

Je me moque de ses oreilles comme de ses armées... je suis chez moi!

LE PRINCE.

Tant mieux pour vous, si vous en êtes sûre... Il y a si peu de souverains qui puissent en dire autant. Mais grâce pour ce cher empereur... ce n'est pas lui qui me menace dans mon existence diplomatique.

LA MARQUISE.

Eh qui donc?

LE PRINCE.

C'est ma très honorée souveraine, la reine d'Espagne!

LA MARQUISE.

La reine!.. mon adorée maîtresse... elle qui fait tant de cas de vos talens!

LE PRINCE.

Comme diplomate... je ne dis pas; mais aujourd'hui... écoutez-moi, je vais droit au fait.

LA MARQUISE.

De quoi s'agit-il?

LE PRINCE.

D'un secret de la plus haute importance... d'un secret d'état.

LA MARQUISE.

Vous m'effrayez!

LE PRINCE.

Il n'y a pas de quoi.

LA MARQUISE, troublée.

L'honneur d'une pareille confidence... dans les circonstances graves où nous vivons... ces courriers qui arrivent sans cesse à votre hôtel... pour en repartir à des intervalles si rapprochés...

LE PRINCE, vivement.

Ah! l'on a remarqué?

LA MARQUISE.

On remarqué tout, cher prince

LE PRINCE.

Et les conjectures?

LA MARQUISE.

Les conjectures sont à perte de vue... on a deviné...

LE PRINCE.

Quoi?

LA MARQUISE.

Qu'une crise se prépare en Europe... que l'Espagne se décide enfin à prendre un rôle dans la coalition... que...

LE PRINCE,

Ah! c'est là tout ce qu'on a deviné?.. oh bien! vous ne savez encore rien... je vais droit au fait... (Regardant autour de lui.) Vous êtes sûre que personne?..

LA MARQUISE.

Oh! personne... je suis seule à vous écouter.

LE PRINCE.

Lisez vous-même...						(Il lui présente un papier.)

LA MARQUISE.

Que vois-je!.. l'écriture de la reine!..

LE PRINCE.

Vous la reconnaissez?.. c'est la note apportée par l'avant-dernier courrier.

LA MARQUISE, à part.

Que vais-je apprendre... (Lisant haut.) « Il faut que chacun puisse être con-» tenu dans ma main, sans que rien en paraisse au dehors, bien qu'elle » soit fermée. » (Parlé.) Il est question de quelques papiers importans?

LE PRINCE.

Voici maintenant la note venue avec le dernier courrier.

(Il présente un autre papier.)

LA MARQUISE.

Le dernier?.. celui qui a fait faire tant de suppositions... (Elle lit.) « Qu'ils
» semblent avoir été peints sur mon pied, ou qu'on ne m'en parle pas. Moi, la
reine.» Elle reste un moment interdite et paraissant ne pas comprendre, puis elle reprend.

AIR : Vos maris en Palestine.

Ce langage énigmatique
Doit avoir un sens caché,
Mais ce nœud diplomatique,
Votre esprit l'aura tranché,
Je l'aurais en vain cherché.
Sans doute il s'agit de faire
Mouvoir des peuples entiers?..

LE PRINCE.

Non pas, il s'agit ma chère,
D'une paire de souliers.

(Il tire de sa poche une petite paire de souliers roses.)

LA MARQUISE, reculant de surprise.

Ah!.. comment, prince, dans la crise actuelle de l'Europe, l'Espagne
est intéressée...

LE PRINCE.

Pour une douzaine de paires de souliers.

LA MARQUISE.

Et la reine emploie son ambassadeur...

LE PRINCE, piteusement.

A courir incognito tous les magasins de chaussures de la capitale, sous
prétexte que c'est à Paris seulement qu'on a du goût... à relancer dans
leur mansardes les ouvriers et les ouvrières les plus habiles... grimper des
quatre et cinq étages... jugez quand j'ai ma goutte... comme la nuit du
mardi-gras, où vous avez couru pour moi, dans une voiture de place... car
je ne pouvais bouger et le courrier attendait!.. confier à un subalterne le
secret de cette correspondance dont on parle tant, c'eût été le dire à la
police, à tout Paris, aux journaux... c'eût été me livrer à la risée de l'Europe!

LA MARQUISE.

Oh! vous avez bien fait!..

LE PRINCE.

Encore si l'on réussissait à satisfaire d'augustes exigences!.. mais chausser une reine!.. et une reine comme celle-là... à trois cents lieues de dis-
tance!.. c'est à en perdre l'esprit d'abord... et mon ambassade ensuite!..
car le pied royal est mécontent... il se plaint le pied royal... et dans quels
termes! je sais que mes ennemis là-bas disent que je vieillis...que je ne suis
plus bon à rien... on m'appelle ganache... et tout cela, pour des souliers
qui ne vont pas!..

LA MARQUISE, qui a examinée les souliers.

Mais en effet, cher prince... mais ils sont bêtes ces souliers...

LE PRINCE.

Vous trouvez?..

LA MARQUISE.

En ma qualité d'ancienne dame d'atours, je sais par cœur l'adorable pied
de ma souveraine... un pied de fée!.. ces souliers doivent la blesser...

LE PRINCE.

La blesser... mais où s'il vous plaît?..

LA MARQUISE.

Où?.. mais ici... mais là... et puis ces points arrière... ces points barba-
res!.. mais c'est la chose du monde la plus simple à corriger... il ne faut
que connaître et expliquer...

LE PRINCE.

Et vous croyez qu'en expliquant?.. ô Bianca, je vous devrai la vie... et
mon ambassade!.. dites-moi, comme je ne veux plus rien avoir de caché
pour vous... je vais droit au fait : J'ai donné rendez-vous ici à un ouvrier des plus habiles dont on m'a parlé hier... je ne l'ai pas encore vu...

mais on dit que c'est un homme très bien... j'ai tort de dire un ouvrier...
c'est un artiste !.. une des premières capacités chaussantes du monde connu !

LA MARQUISE.

Je le recevrai... il travaillera sous mes yeux...

LE PRINCE.

Sous nos yeux... en petit comité, il aura ses heures d'audience... ah! mon
Dieu! à propos d'audience... (Il tire sa montre.) Le grand homme m'attend..

LA MARQUISE.

Qu'il attende !

LE PRINCE.

Non, non... il fait attendre les autres, mais il n'attend pas, lui... adieu...
inutile de vous recommander la discrétion... l'ambassadeur d'Espagne in-
tendant de la chaussure royale... il y a des gens qui auraient la petitesse de
trouver cela ridicule.

ENSEMBLE.

AIR des Puritains.

D'une telle conférence
Cachons bien le résultat ;
Car le plus profond silence
Doit couvrir les secrets de l'état.

(Le prince sort par le fond. Caroline et Céleste entrent de la droite, pendant que la marquise est
occupée à contempler les souliers déposés sur un guéridon à gauche.)

SCÈNE VI.

CÉLESTE, CAROLINE, LA MARQUISE.

CAROLINE.

Ah ! madame ! ah ! ma mère... si vous saviez...

LA MARQUISE, se retournant vivement.

Pourquoi ces cris ? que veut dire cette façon d'aborder les gens ?

CÉLESTE.

Ah ! c'est qu'il y a des momens où on n'a pas le temps de faire la révérence...

LA MARQUISE.

Et vous aussi, petite ! taisez-vous, s'il vous plaît.

CÉLESTE.

Je veux bien me taire, Mme la marquise... mais à ma place, laissez parler cette lettre... elle est de M. Visconti, adressée à Caroline, il y a quinze
jours.

LA MARQUISE, à Caroline,

Une lettre de votre cousin, Visconti, il y a quinze jours, et je n'en savais
rien !

CAROLINE.

Madame...   (Elle lui montre d'un air suppliant Céleste qui s'apprête à lire.)

CÉLESTE, lisant

« Ma cousine. » Vous voyez, Mme la marquise, ça n'est plus moi qui
parle, c'est la lettre. « Ma cousine, j'arrive d'Italie, pour rendre compte,
» demain, d'une mission importante que j'ai eue à remplir dans une ville,
» près de laquelle votre mari a des terres, et où son nom n'est pas sans in-
» fluence. Il suffira sans doute de ce peu de mots BIEN COMPRIS, pour lui ins-
» pirer le vif désir d'apprendre de moi VERBALEMENT ET AUTRE PART QUE CHEZ
» MOI des nouvelles de son pays. Je serai ce soir au bal de l'Opéra, je por-
» terai un domino noir, bordé de bleu, le nœud du capuchon, bleu aussi,
» tombera jusqu'à terre ; dans son intérêt comme dans celui de sa mère,
» que votre mari soit exact au rendez-vous.   VISCONTI.

LA MARQUISE.

Et cette lettre est datée ?

CÉLESTE, la lui montrant.

Du mardi-gras.

LA MARQUISE, à Caroline.

Votre mari était encore absent.

Céleste, la Marquise, Caroline.

CAROLINE.

Et vous aussi, madame, car cette nuit-là...

LA MARQUISE.

C'est vrai...mais il fallait m'en parler le lendemain matin; car cette lettre
était alarmante...

CÉLESTE.

Le lendemain matin, il n'y avait plus de danger.

LA MARQUISE.

Qui vous l'a dit?

CÉLESTE.

Monsieur Visconti, lui-même.

LA MARQUISE, à Caroline.

Vous l'avez vu?

CÉLESTE.

Heureusement!

LA MARQUISE, à Caroline.

Quoi, madame, vous avez osé...

CAROLINE.

Sauver mon mari, et la mère de mon mari!

LA MARQUISE.

Expliquez-vous?

CAROLINE.

Mon cousin, me dis-je, après avoir lu cette lettre, arrive de Naples:
Ferdinand a des terres à Capoue... le prince de Massérano parlait, il y a
peu de jours, de troubles qui avaient eu lieu dans cette ville... de français
égorgés... mon mari et sa mère se seraient-ils compromis?.. votre absence
se prolongeait... mille idées sinistres se présentent à mon esprit... j'entre
dans le cabinet de Ferdinand... une lettre frappe mes yeux... elle est d'un
banquier de Capoue... il accuse réception d'une somme considérable... plus
de doute! on soupçonne mon mari d'avoir soldé la rébellion! mais cette
somme, je le sais, était destinée à libérer ses terres d'une créance qui en
absorbait le revenu... la quittance du créancier, je l'ai entre mes mains...
il n'y a pas à hésiter... il faut que mon cousin, avant de faire son rapport,
ait ces preuves matérielles de l'innocence de ma famille; mon mari ne peut
aller à ce rendez-vous... mon devoir est d'y aller! Céleste et moi, revê-
tues de dominos... nous partons... il était temps, madame... un jour plus
tard, l'ordre était donné de vous arrêter!

LA MARQUISE.

Arrêtée! moi, la marquise de Castelnéro! ah! ma fille, que ne vous dois-
je pas!..mais combien il est heureux aussi, que votre mari, jaloux comme
il l'est, n'ait rien su...

CÉLESTE.

Mais il sait tout!

LA MARQUISE.

Lui! comment se fait-il?..

CÉLESTE.

Notre fiacre a versé.

LA MARQUISE.

Vous étiez dans un fiacre?

CÉLESTE.

Où, par parenthèse, Caroline a perdu un magnifique mouchoir à vous.
Mme la marquise.

LA MARQUISE.

Un de ceux qui me viennent de la reine d'Espagne...

CAROLINE.

Je l'avais pris je ne sais comment... par mégarde...

CÉLESTE.

Et par mégarde aussi, elle en aura fait cadeau à ce maudit sapin... une
course de cent écus!.. et cela pour n'avoir pas voulu compromettre...

LA MARQUISE.

La livrée des Castelnéro... vous avez bien fait.

CÉLESTE.

Au contraire, c'est ce que nous avons fait de mal... la livrée des Castelnéro n'a jamais versé, tandis que nous, en revenant, au beau milieu de la

rue des Filles-St.-Thomas... une roue se brise... heureusement c'était en face d'un restaurant encore ouvert.... j'avais reçu une forte contusion... on nous fait entrer dans un cabinet, où un vieux médecin, nommé Férier, nous donne ses soins.

LA MARQUISE.

Et l'on vous a vues ?

CAROLINE.

Non pas moi, qui suis restée toujours masquée... mais Céleste.

CÉLESTE.

Et qui m'a vue, s'il vous plaît ?.. M. Gabriel Fortin, qui s'est trouvé là précisément, pour nous défendre contre une douzaine de jeunes gens...

LA MARQUISE.

On vous insultait ?..

CÉLESTE.

Et il a reçu deux coups d'épée, le pauvre jeune homme !.. nous l'avons su avant de partir... mais je l'ai vu ce matin, il n'y parait plus du tout, du tout.

CAROLINE.

Je vous le demande, madame, que dire à Ferdinand ? lui avouer tout...

LA MARQUISE.

Oh! jamais !.. le nom seul de votre cousin, de votre cousin qui dût être votre époux !.. enfin, Caroline, ce n'est pas vous qu'on a vue ?

CAROLINE.

Non... mais Céleste qui ne me quitte pas.

CÉLESTE , écoutant.

J'entends M. Ferdinand, il parle avec quelqu'un... (A part.) M. Gabriel, peut-être...

CAROLINE.

Que faire ?

LA MARQUISE.

Vous retirer.

CAROLINE.

Que lui direz-vous ?..

LA MARQUISE.

Je l'ignore... mais si M. de Castelnéro est dans un accès de jalousie, il est hors du cercle des convenances que sa femme se présente à lui.

AIR : Au revoir.

Le voici !
D'un mari
Craignez la colère !
Mais j'espère,
Qu'une mère,
Peut bien se risquer ici.

CÉLESTE , à part.

Il est là peut-être aussi !
Maintenant, je gage,
J'aurais le courage
De lui dire enfin merci.

ENSEMBLE.

Le voici ! etc.

(Céleste et Caroline sortent par la droite , Ferdinand et Gabriel entrent du fond)

SCÈNE VII.

GABRIEL , FERDINAND, LA MARQUISE.

FERDINAND.

Ma mère, je vous présente, M. Gabriel Fortin.

. GABRIEL , saluant.

Je prie Mme la marquise de vouloir bien agréer mes hommages les plus respectueux, et l'assurance de ma haute considération. (La marquise s'incline.)

FERDINAND.

M. Gabriel, à qui j'avais fait part de nos projets de mariage entre lui et

Mlle Céleste Nadau, votre pupille, avait d'abord accueilli nos offres avec un empressement...

LA MARQUISE.

Dont ma pupille est digne, je pense?

GABRIEL, à part.

Profondément dans l'erreur, marquise.

FERDINAND.

Peut-être.

LA MARQUISE.

Mon fils, voici un PECT-ÈTRE qui me paraît tout-à-fait hors du cercle...

FERDINAND.

Des convenances? vous allez en juger, madame; monsieur assure avoir vu votre pupille dans un lieu où elle ne devait pas être...

GABRIEL, à part.

Avec une bacchante et onze satyres.

FERDINAND.

Sous des habits qu'elle ne devait pas porter.

GABRIEL, à part.

Sous le gros de naples rose de carême-prenant.

FERDINAND.

Une femme était avec votre pupille; cette femme, quelle était-elle?.. monsieur n'a pu voir sa figure... mais je crois inutile de vous faire remarquer, ma mère, que Mlle Céleste est l'amie intime, la compagne assidue de Mme de Castelnéro, et dès-lors...

LA MARQUISE.

Dès-lors, le champ est ouvert à vos soupçons, jaloux... je comprends cela : mais d'abord, monsieur est-il bien sûr de ce qu'il avance?

GABRIEL, un peu gêné.

Mais, madame la marquise...

LA MARQUISE, le regardant en face.

Vous avez vu Mlle Céleste?

GABRIEL.

Comme j'ai l'honneur de voir en ce moment Mme la marquise... seulement... ah! seulement nous étions beaucoup plus près l'un de l'autre... car son pied...

LA MARQUISE, avec dignité.

Monsieur!..

GABRIEL, confus.

Pardon, Mme la marquise, pardon... je supprime les détails.

FERDINAND, vivement.

Mais non, mon cher, mais non... continue... il n'y a rien là qu'une femme ne puisse entendre...

LA MARQUISE, à Gabriel.

Mais avez-vous réfléchi, monsieur, qu'il y a quelquefois des ressemblances...

FERDINAND.

Oui, ma mère, oui... cela est vrai... les souvenirs peuvent abuser... mais les objets... mais les preuves matérielles ne peuvent tromper... et nous en avons une !

LA MARQUISE.

Laquelle?

GABRIEL. *

La voici, madame... (Il tire de sa poche de côté, un papier servant d'enveloppe à un objet de forme longue et platte.) Dans la rencontre en question, le pied de la jeune personne en litige vint se placer, d'aventure, sur un pan de mon manteau... il avait plu... et les deux dames avaient été obligées de traverser la rue pédestrement... le soulier de satin rose s'imprima tout entier en boue sur le tissu bleu d'Elbeuf. Quelques jours après, par un motif que mon ami connaît, j'eus la fantaisie de me procurer le portrait exact de ce pas mystérieux; j'allai chez un cordonnier pour dames, expert assermenté près les cours et tribunaux, et l'artiste me découpa, avec la plus scrupuleuse exactitude, le second volume de l'empreinte laissée sur mon manteau tout neuf... le voici.   (Il tire la semelle de son papier.

* Ferdinand, Gabriel, la Marquise.

LA MARQUISE, à part.

Tout est perdu !

FERDINAND.

Maintenant, ma mère, faites appeler Mlle Céleste...

LA MARQUISE.

Y pensez-vous, mon fils !.. mêler cette jeune fille à toute cette intrigue avant même de savoir...

FERDINAND.

Il me semble cependant que pour savoir... il n'y a qu'un moyen...

GABRIEL.

Colonel, mon ami, madame ta maman a raison... la présence de Mlle Céleste n'est pas positivement indispensable, je me contenterais quant à moi de la présence de ses sandales.

FERDINAND.

C'est juste... ma mère, veuillez envoyer...

GABRIEL, qui vient d'apercevoir sur le guéridon les souliers laissés par le prince.

Peut-être même il est inutile de déranger personne... je crois que voici là...

FERDINAND, les prenant.

En effet... ma mère, ces souliers ne sont pas les vôtres ?

LA MARQUISE.

Non.

FERDINAND.

Ce ne sont pas non plus ceux de ma femme... Céleste seule...

GABRIEL.

Ah ! colonel, quelle lueur soudaine !.. Ce matin, en entrant ici, son premier mot a été : « Qu'on passe chez Mme Deville... »

FERDINAND.

Sa cordonnière !

GABRIEL.

C'est la première personne qui lui est sortie de la bouche.

FERDINAND, à part.

Ces innocens ont un instinct de jalousie... ça n'oublie rien.

GABRIEL, montrant les souliers.

On vient de les apporter sans doute... nous jugerons sous les yeux de Mme la marquise elle-même... et cela sans sortir du cercle...

LA MARQUISE, à part.

Je respire !.. A Gabriel qui mesure. Eh bien ?

FERDINAND, de même.

Est-elle coupable ?

GABRIEL, stupéfait.

Il s'en faut d'un pouce.

FERDINAND.

vraiment ?..

GABRIEL.

Vois, toi-même... c'est-à-dire qu'à côté de ces souliers-là... ma semelle est celle d'un NABUCHODONOSOR... un véritable pied de gendarme... un pied à dormir debout... et depuis quinze jours, je garde ça comme quelque chose de rare !..   (Il jette sa semelle avec mépris.

LA MARQUISE, d'un ton de reproche.

Eh bien, mon fils ?..

FERDINAND.

Madame, je suis confus...

LA MARQUISE.

Voilà de vos soupçons, messieurs !.. sur une prétendue ressemblance...

GABRIEL.

C'est qu'au fait, maintenant que je me remémore de sang-froid.... Il y a ressemblance, c'est vrai... mais de ces ressemblances comme on en voit tant. Tous les jours on trouve deux visages pareils... (tenant un soulier, mais je défie qu'on trouve deux pieds comme celui-là... c'est-à-dire si... on peut, on doit même en trouver deux, mais on n'en trouvera pas trois.

* Ferdinand, la Marquise, Gabriel.
** La Marquise, Ferdinand, Gabriel.
*** Ferdinand, la Marquise, Gabriel.

FERDINAND.

Sais-tu, Gabriel, que si tu n'étais pas mon ami et le futur époux de Céleste....

GABRIEL.

Colonel, pardonne-moi, ça n'est pas ma faute.... quand je me mêle d'être bête, on ne sait pas jusqu'où ça peut aller ! Mais Mme la marquise voudra-t-elle bien oublier mes énormités, et replacer les choses dans leur situation primitive ?

LA MARQUISE.

J'oublie tout, monsieur, je vous conserve la parole que je vous ai donnée ; mais, je vous en prie, plus de visions.

(Gabriel s'incline dans une respectueuse ivresse.)

AIR de Victorine.

Adieu, messieurs, il faut que je vous quitte ;
Je vous pardonne un imprudent soupçon ;
Mais que du moins votre injuste conduite
Pour l'avenir vous serve de leçon.

FERDINAND, à Gabriel.

J'ai, près d'ici, quelques courses à faire,
Me suivras-tu ?

GABRIEL.

Non, si tu le permets.

FERDINAND.

Je dois passer au bureau de la guerre.

GABRIEL.

Je veux rester pour faire ici ma paix.

LA MARQUISE.

Adieu, messieurs, etc.

FERDINAND et GABRIEL.

ENSEMBLE.

Pour la frayeur, heureux d'en être quitte,
J'abjure ici mon imprudent, etc.
Je le promets, mon, etc.
Va désormais me servir, etc.

(La Marquise sort par la droite, Ferdinand par le fond.)

SCÈNE VIII.

GABRIEL, seul.

Oh ! oui, oui, je veux la revoir ! je veux réparer ma stupide entrée de jeu de ce matin. Ce que c'est pourtant qu'une imagination frappée... j'aurais juré....

AIR. J'en guette un petit de mon âge.

Oui, ce matin, dans mon erreur profonde,
D'avoir raison j'étais bien convaincu.
On m'aurait dit les plus bell's chos's du monde,
Je répondais par un seul mot... J'ai vu !
Pour soutenir que c'était elle,
Je me serais fait couper par quartiers !
Et, ma foi, sans ces bienheureux souliers,
J'n'aurais pas rompu d'un' semelle.

Et cependant, un pouce de différence !.. *(Les considérant.)* Est-ce mignon ! c'est pour chausser une biche... Quelle tige fine et musculaire doit s'élever de là-dedans... pour se perdre dans une infinité de contours tous plus gracieux les uns que les autres. Oh ! scélérat de Candide ! comme tu montes ton imagination ! *(Il s'est assis et les contemple.)* C'est un pied de reine !

(Le Prince, qui est entré sur les derniers mots, aperçoit Gabriel tenant les souliers roses qu'il regarde avec admiration.)

SCÈNE IX.

LE PRINCE, GABRIEL.

LE PRINCE, à part.

Ah ! fort bien ! voilà notre homme... on ne m'a pas trompé... il a tout-à-fait bon air. (Il s'approche de lui et lui dit d'un air d'intelligence.) Comment le trouvez-vous ?

GABRIEL, se retournant.

Quoi ?

LE PRINCE.

Le pied.

GABRIEL.

Sylphe ! aérien ! mythologique !... Je le trouve mythologique !

LE PRINCE.

C'est à vos mains que nous voulons le confier.

GABRIEL.

Je le sais bien. (A part.) Au fait, avec la main j'obtiens le pied en mariage... (Haut et se levant.) Mais à qui ai-je l'honneur ?...

LE PRINCE.

Inutile que vous connaissiez mon nom et mon rang. Sachez seulement qu'à dater de ce jour, je prends à tout ce qui vous touche le plus haut intérêt.

GABRIEL, après avoir salué, à part.

Ah ! j'y suis ! l'ambassadeur d'Espagne doit signer au contrat !.. C'est lui ! Gros bonnet diplomatique !.. Respectons son incognito.

LE PRINCE.

Vous comprenez, sur cet échantillon , combien l'objet est délicat....

GABRIEL.

Soyez tranquille. (A part.) Est-ce qu'il croit que je veux la mener à coups de cravache ?.. (Haut.) J'y mettrai toutes les formes possibles.

LE PRINCE, souriant.

Une suffira ; mais qu'elle convienne.

GABRIEL , riant tout-à-fait.

Ah ! ah ! ah ! bien... bien... (A part.) Une fois mari, ça me regardera.

LE PRINCE.

Au reste, la marquise et moi, nous vous aiderons de nos conseils, nous vous dirons ce que vous aurez à faire.

GABRIEL, après avoir salué , à part, avec un rire mal étouffé.

C'est fort drôle ! il me prend pour un novice... Flattons sa manie. (Haut.) Je me conformerai , monsieur, à toutes vos instructions.

LE PRINCE.

Surtout à celles de Mme la marquise.

GABRIEL , saluant.

Surtout celles...   (Il rit.)

LE PRINCE.

Je vais la revoir, nous ferons, elle et moi, nos observations dernières, nous conviendrons des corrections à faire....

GABRIEL , à part.

Des corrections ?.. au contrat sans doute.

LE PRINCE.

Air : d'Ed. Bouvé.

Dans un instant nous allons nous entendre
Sur quelques points qu'il faut établir mieux ;
Puis à loisir vous pourrez les reprendre.

GABRIEL.

Je le ferai dans l'intérêt des deux.

LE PRINCE.

Des deux ? fort bien... mon avis est le vôtre,
Car dans ce cas il me semble qu'on doit
Faire pour l'un ce que l'on fait pour l'autre.

GABRIEL.

C'est le moyen, monsieur, de marcher droit.

ENSEMBLE.

Dans un instant , etc.

LE PRINCE.

Surtout pas de points arrière.   (Il sort par la droite.)

SCÈNE X.
GABRIEL puis CÉLESTE.

GABRIEL.

Qu'est-ce qu'il veut dire avec ses points... Ah! il est étranger... C'est égal... il est très bien cet ambassadeur... mais très bien... très bien!... Une conversation enjouée... et cependant une réserve!... Nous n'avons parlé que de mon mariage...et le mot n'a pas été prononcé une fois! c'est ce qu'on appelle le biais diplomatique.

AIR : Fils imprudent, etc

Le biais flatte l'indépendance,
Lorsqu'elle est la reine du jour ;
Le biais caresse l'opulence,
Et dès qu'il peut flatter la cour,
Il est opulent à son tour.
Il méconnait ses pauvres dieux pénates ;
Enfin, avec un peu d'esprit, les niais,
Lorsqu'à propos ils se servent du biais,
Deviennent de grands diplomates.

CÉLESTE, entrant sans voir Gabriel.

(A part.) Mme la marquise n'a pu me dire que ces mots : « Tout est arrangé... » Sans doute elle aura mis M. Gabriel dans la confidence... (L'apercevant.) C'est lui!...

GABRIEL.

C'est elle!.. (Il s'approche.) Mademoiselle, agréez mon MEA CULPA... et inondez-moi de reproches.

CÉLESTE.

Des reproches à vous?

GABRIEL.

A moi-même. Anéantissez-moi, vierge indulgente... vous avez vu ma conduite ridicule de ce matin... Si je vous disais les rêveries impertinentes que je m'éais fourrées en tête...

CÉLESTE.

Je les connais.

GABRIEL.

Vraiment! et vous daignez oublier...

CÉLESTE.

Puisque vous les oubliez vous-même.

GABRIEL.

Oh! moi... il s'agit bien de moi! C'est-à-dire que je serais un monstre d'homme... un... tout ce qu'on voudra, si je me cramponnais encore à ces sottes idées-là!.. Mais non... non je ne les ai jamais eues... Pour mon honneur de galant chevalier, je ne veux pas les avoir eues.

CÉLESTE.

Je vous remercie, monsieur.

GABRIEL.

Elle me remercie!... (A part.) quand je devrais baiser la poussière de ses pieds... (Les regardant.) de ses amours de pieds que je croyais connaître... aveugle que j'étais!... de ses pieds... qui m'ont ouvert les yeux!

CÉLESTE.

Que dites-vous donc ainsi tout seul?

GABRIEL.

Que je suis le plus fortuné des mortels... foi de Gabriel!

CÉLESTE.

Gabriel!... le joli nom!... le nom d'un ange...

GABRIEL.

Oui... de l'ange qui vint annoncer à Marie... CONCEPIT DE SPIRITU SANCTO... Et ce nom-là vous plait?... Ah! tant mieux!... Mais j'ai été bien près de m'appeler autrement.

AIR de l'Angelus.

J'étais encore dans le néant,
Qu'on me cherchait un nom sublime :

On voulait m'appeler Gontrand,
Ou Philogène, ou bien Alcime,
Ou Babilas, ou Théotyme.
Les calendriers étaient lus,
On allait me nommer modeste...
Par bonheur sonna l'ANGELUS,
Et le nom de l'ange me reste...
Aimez toujours ce nom... Céleste.

CÉLESTE.

Oh! toujours!

GABRIEL, lui prenant la main.

Et... avec le nom... un peu aussi celui qui le porte, n'est-ce pas? (Céleste baisse les yeux. — A part.) Elle baisse les yeux et ne répond rien... Langage allégorique que nous traduisons, nous autres, mauvais sujets, par... « Je ne demande pas mieux. » Pauvre agneau, va!... Maintenant que je la vois en face et tout près de moi... je me demande comment j'ai pu trouver la moindre ressemblance... elle a le plus joli petit nez comme ceci... L'autre avait le nez comme ça... (Il revient et lui baise la main avec effusion.) Ah! Céleste... si j'avais su ce matin...

CÉLESTE.

Vous ne m'auriez pas refusée à première vue, n'est-ce pas?...,

GABRIEL.

J'étais, en venant ici, dans les meilleures dispositions du monde pour vous adorer; mais quand je vous vis, j'avoue qu'une révolution subite détraqua mon individu... je devins furieux... je n'étais plus un homme... j'étais un tigre!

CÉLESTE, riant.

Comme la nuit du mardi-gras?

GABRIEL.

Du mardi-gras!

CÉLESTE.

Où vous étiez si en colère... où vous vous êtes fait notre défenseur... où vous avez reçu pour nous deux coups d'épée.

AIR de Marianne.

Se battre ainsi c'est être brave...

GABRIEL, abasourdi.

Quoi!

CÉLESTE.

Vous étiez notre soutien.
De cette blessure si grave,
Dites, ne ressentez-vous rien?
Vous étiez, vous,
Bien en courroux,
Je vous entends dire encor : « Sortez tous! »
Oui votre sort,
M'attristait fort,
Je vous croyais, hélas, à moitié mort.

GABRIEL, avec une rage concentrée.

Merci, merci, de soins si tendres...
J'aurais voulu que sans éclat,
A moitié mort, on me brûlât,
Le mercredi des cendres!

CÉLESTE.

Vous parlez encore tout seul? j'ai peut-être eu tort de vous rappeler cela; je n'aurais pas dû vous dire...

GABRIEL, vivement.

Si fait... si fait... au contraire... on doit tout dire...

CÉLESTE.

A son mari...

GABRIEL.

Oui... à son mari. (A part.) Compte là-dessus.

(On entend la voix de Ferdinand.)

CÉLESTE.

M. Ferdinand !.. je me sauve... c'est peut-être inconvenant qu'on nous trouve déjà ensemble...   (Elle se sauve par la droite.)

SCÈNE IX.

GABRIEL.

C'était donc bien elle !... Je ne m'étais pas trompé... Mais ces souliers si différens... mais sa figure que j'avais fini par ne plus trouver ressemblante... Au diable! que voulez-vous que je vous dise!... puisqu'elle en convient... Je ne m'exténuerai pas plus long-temps à me prouver le contraire... Adieu, hôtel amphigourique... maison imbrogliote... famille logogryphique!... Cherche qui voudra le mot de votre hideuse charade... Je jette ma langue aux chiens, et je pars! (Il se trouve nez à nez avec Ferdinand.)

SCÈNE XII.

FERDINAND, GABRIEL.

FERDINAND.

Où vas-tu?

GABRIEL.

Je ne sais pas.

FERDINAND.

Tu as la figure toute renversée.

GABRIEL.

Ça m'est égal !

FERDINAND.

J'ai vu à l'état-major plusieurs de nos amis communs... Il m'ont chargé de te féliciter...

GABRIEL.

Sur quoi ?

FERDINAND.

Sur ton mariage.

GABRIEL, criant très fort.

Je ne me marie pas!

FERDINAND.

Tu n'épouse pas Céleste?

GABRIEL.

Je n'épouse personne!

FERDINAND.

Qu'est-ce à dire? vous refusez, maintenant?

GABRIEL, exaspéré.

Oui... oui... cent mille fois oui... Je refuse, refuse, refuse !

SCÈNE XIII.

LES MÊMES, LE PRINCE. *

LE PRINCE, entrant de la droite.

Comment!... Monsieur refuse, maintenant?...

FERDINAND.

Vous l'entendez.

LE PRINCE, à part.

La marquise aurait-elle mis Ferdinand dans le secret? Allons droit au fait... (Bas à Ferdinand.) Est-ce que vous sauriez pourquoi?...

FERDINAND.

Mais non... je n'en sais rien.

LE PRINCE, à part.

Je respire! (Bas à Gabriel.) Surtout, monsieur, pas une syllabe qui puisse faire soupçonner à M. de Castelnéro le motif des propositions de la marquise... C'est un mystère!

GABRIEL, bas au Prince.

Le mystère n'est que trop clair. monsieur... (A part. Voilà le mot... D'un

____
* Ferdinand, Le Prince, Gabriel.

côté deux femmes masquées... De l'autre, un ambassadeur... Ah! mon pauvre colonel!.. et l'on voudrait faire de moi ce que l'on a fait de toi...

FERDINAND, avec colère.

Il faut en finir!..

LE PRINCE, l'arrêtant.

Non, laissez-moi... j'ai plus de sang-froid que vous... je le persuaderai...

FERDINAND.

Persuadé ou non, il faudra bien...

LE PRINCE.

Allons, doucement, je vous prie... (Il s'approche de Gabriel.) Mon ami, vous nous mettez là dans un grand embarras.

GABRIEL.

Je le crois. (Bas au Prince avec ironie.) Vous, particulièrement.

LE PRINCE, bas.

C'est la vérité. Mais si vous comprenez la situation pénible dans laquelle votre refus nous plonge.

GABRIEL, avec un mépris profond.

Vous vous y êtes bien plongé vous-même!

LE PRINCE, de même.

C'est encore vrai... mais plus bas.... je vous en conjure!.. Il est des circonstances, vous le savez, où l'on n'est pas maître...

GABRIEL, de même.

A votre âge!.. Mais on est Espagnol... On a vécu sous un ciel brûlant... et les femmes...

LE PRINCE.

Monsieur, ces insinuations me blessent... elles deviennent injurieuses pour ma maîtresse elle-même...

GABRIEL.

Sa maîtresse!.. il l'avoue!..

LE PRINCE, à part.

Dieu!.. me suis-je trahi!..

GABRIEL, à part, regardant Ferdinand avec compassion.

Pauvre colonel!.. malgré son grade!

FERDINAND, s'approchant de nouveau.

Savez-vous que je suis las de vos airs de pitié... vous expliquerez-vous enfin catégoriquement?

GABRIEL.

Oui, je m'explique : Il y a ici un complot dirigé... je m'abstiendrai de dire contre qui... (Montrant le Prince.) Monsieur que voilà voudrait m'y faire tremper les mains... mais ma réputation...

LE PRINCE.

Elle ne peut qu'y gagner!

GABRIEL.

Bien obligé... je n'en veux pas à ce prix-là.

LE PRINCE.

Mais le prix, monsieur... le prix n'est rien... je vais droit au fait... on vous paiera ce qu'il faudra.

GABRIEL, hors de lui.

Me payer!.. ah! c'est hideux... hideux... hideux!.. de l'or à moi!

FERDINAND, au prince.

Mais, prince, je ne comprends pas...

LE PRINCE.

Moi non plus, je ne comprends rien à cet homme... (A Gabriel.) Comment! ces souliers...

GABRIEL, très haut.

Ces souliers, monsieur, ne prouvent rien!

LE PRINCE, bas.

Silence! au nom du ciel!.. Je sais qu'ils sont mal faits...

GABRIEL, toujours très haut.

Si mal faits, monsieur... qu'ils s'en faut d'un pouce pour qu'ils aillent à son pied! *

LE PRINCE.

Vous en êtes sûr?

* Le Prince, Gabriel, Ferdinand.

FERDINAND, s'approchant.

Qui t'a dit cela?

GABRIEL.

Tu l'as vu comme moi... un pouce de différence avec la semelle...

LE PRINCE, ébahi.

Comment! il le tutoie maintenant!.. Quelle semelle?

GABRIEL, très sévèrement.

Celle du domino rose, monsieur!

FERDINAND.

Mais ce domino rose?..

GABRIEL.

C'était Mlle Céleste elle-même... elle vient de me l'avouer ici... il n'y a qu'un instant... Je te demande maintenant, mon cher colonel, si je peux me permettre d'épouser...

FERDINAND, furieux.

Ah!.. Il faut enfin que cette mystérieuse affaire s'éclaircisse... (Regardant à droite.) Justement, voici ma mère... *

LE PRINCE, à part, regardant Gabriel.

« Son cher colonel... Epouser!.. » Ah ça, mais ce n'est donc pas?.. Cet homme est un protocole vivant auquel je ne comprends pas un mot... Je crois que je ferai bien de m'en aller..   (Il se dirige vers la porte.)

FERDINAND, lui offrant un fauteuil.

Restez, prince... vous nous aiderez de vos lumières.

LE PRINCE, à part.

Mes lumières... dans une affaire où je ne vois goutte.   (Il s'assied.

SCÈNE XIV.

LES MÊMES, CAROLINE, LA MARQUISE, CÉLESTE **.

FERDINAND, donnant des siéges.

Asseyez-vous, mesdames... Il y a ici un mystère... et comme je ne veux pas, dans ma maison, d'autres secrets que ceux dont j'ai la clef, nous ne sortirons d'ici qu'après avoir débrouillé à fond toute cette intrigue.

LA MARQUISE, en s'asseyant.

Manière honnête de nous déclarer à nous autres femmes que nous sommes vos prisonnières...

FERDINAND.

Pour cette fois, ma mère, passons sur la forme... (A Gabriel.) Monsieur, persistez-vous à soutenir que Mlle Céleste Nadau a été vue par vous dans le restaurant de la rue des Filles-St-Thomas, pendant la nuit du mardi-gras?

GABRIEL.

J'y persiste d'autant plus que mademoiselle vient d'en convenir tout à l'heure avec moi.

FERDINAND, à Céleste.

Vous entendez, mademoiselle...

CÉLESTE.

Oui, monsieur.

FERDINAND.

Vous avouez maintenant ce que vous avez nié ce matin.

LA MARQUISE, vivement

Ce que, moi, j'ai nié.

FERDINAND, mécontent.

C'est juste... Mais avec mademoiselle était une autre femme; mademoiselle refuse-t-elle encore de faire connaître cette femme?

CÉLESTE, à part.

Que faire?

CAROLINE, à part.

Je tremble!

FERDINAND, à part, observant sa femme.

Caroline pâlit.

* Ferdinand, le Prince, Gabriel.

** Céleste, Caroline, La Marquise, Ferdinand, le Prince, Gabriel.

GABRIEL, à part.

Infortuné colonel!

FERDINAND, hors de lui.

Puisqu'on m'y force, je la nommerai cette femme... car je la connais, moi... (Regardant Caroline en face.) Cette femme, c'était...

LA MARQUISE, se levant.

C'était moi!

FERDINAND ET LES AUTRES.

Vous!.. Mme la marquise!

LA MARQUISE, à Ferdinand.

Puisque votre jalousie ombrageuse ne craint pas de descendre jusqu'à l'espionnage... Puisqu'il faut que votre mère vous rende compte même des démarches qu'elle voudrait cacher à tous: oui, je l'avoue, c'est moi qui ai couru toute la nuit du mardi-gras dans un fiacre, lequel a fini par verser à la porte d'un restaurant où je me suis réfugiée...

FERDINAND.

Vous, ma mère!..

GABRIEL, très confus *.

Comment, Mme la marquise, c'était vous!..

LA MARQUISE, très froidement, lui montrant ses mains

Est-ce que vous ne trouvez plus mes mains aussi jolies?

GABRIEL, les regardant en extase.

En effet, ces deux mains charmantes derrière lesquelles vous vous cachiez... Je les reconnais!

LA MARQUISE.

Et vos paroles à vos amis : « Sortez-tous! »

GABRIEL.

Juste!.. et le geste avec.

LA MARQUISE.

Et le médecin qui vous a pansé après nous avoir secourues, mademoiselle et moi... Son nom?..

GABRIEL, cherchant.

Son nom...

LA MARQUISE.

Ferrier.

GABRIEL.

Encore vrai!.. ma parole d'honneur la plus sacrée, Mme la Marquise, c'était vous!

FERDINAND.

Mais pour quel motif?..

LA MARQUISE.

Le motif?.. Je vais vous l'expliquer **.

LE PRINCE, s'élançant de son fauteuil.

Marquise!... au nom du ciel... pas un mot de plus!

LA MARQUISE.

Il faut pourtant...

LE PRINCE.

Il faut vous taire!.. ou vous me perdez, et vous manquez à votre serment!

LA MARQUISE.

Mais ne puis-je, sans le trahir?..

LE PRINCE.

Non, madame, non... vous ne le pouvez-pas!.. Compromettre d'augustes noms dans vos querelles de famille! Qu'on se contente ici de ma déclaration; je vais droit au fait : Il s'agissait du service de ma cour... d'un ordre personnel de LL. MM. catholiques mes maîtres. Cet ordre très urgent, je ne pouvais l'accomplir moi-même, empêché que j'étais par une violente attaque de goutte... fort heureusement madame pouvait et à bien voulu me suppléer.

LA MARQUISE.

Je dois même avoir encore un billet de vous, daté du même jour...

* Céleste, Caroline, La Marquise, Ferdinand.
** Céleste, Caroline, La Marquise, Le Prince, Ferdinand, Gabriel.

GABRIEL., s'avançant.

Pardon, Mme la Marquise, mais en fait de preuve matérielle, je crois avoir mieux que tout cela...

FERDINAND, avidement.

Quoi donc?..

GABRIEL.

Quelque chose que je n'étais pas pressé de te montrer, colonel, quand je croyais que le domino noir était... mais puisque c'était Mme la Marquise... Je me fais un devoir de lui restituer... son mouchoir... (Il le tire de sa poche.)

TOUS.

Son mouchoir!

GABRIEL.

Que je lui ai dérobé... C'était le carnaval... les farces étaient permises.

FERDINAND, qui s'en est emparé.

Voyons le chiffre... B. D. C. c'est bien cela! Bianca de Castelnéro... (Le rendant à la Marquise.) C'est bien à vous, ma mère... c'est un des mouchoirs que vous a donnés la reine d'Espagne.

CAROLINE, à part.

Enfin!.. que de peines pour cacher une bonne action!

CÉLESTE, à part.

C'est pour cela qu'on préfère quelquefois les mauvaises.

FERDINAND, à Caroline.

Caroline, me pardonnerez-vous?   (Elle lui tend la main qu'il embrasse.)

GABRIEL, s'approchant de Céleste.

Mademoiselle... je me réitère de rechef.

CELESTE.

Monsieur, je suis toute prête... mais songez-y, le domino rose, c'était bien moi.

GABRIEL.

Oui... mais le domino noir, c'était Mme la Marquise.

LE DOMESTIQUE auvergnat, entrant du fond.

Laquelle des six qui est la troijième perchonne?

LA MARQUISE.

Qu'y a-t-il?

LE DOMESTIQUE.

C'est un cordonnia qui demande...

LE PRINCE, vivement.

C'est bien... c'est bien... assez!...

FERDINAND.

Qu'est-ce donc, Prince?..

LE PRINCE, très gravement.

C'est un secret d'état!

AIR : Encore un préjugé.

C'est un secret d'état
    Qui me regarde
    Et que je garde;
Ici le moindre éclat
Pourrait compromettre l'état.
    (Au Public.)
A la cour il nous sied
De saisir une aubaine;
Les souliers de ma reine
Pourraient me mettre en pied.
    GABRIEL, s'avançant.
Mais de ses souverains
S'il encourt la disgrace,
Permettrez-vous qu'il place
Ces souliers dans vos mains?
Pour ce secret d'état
    Qu'avec mystère
    Il voudrait taire,
Ne craignez pas l'éclat...
Publiez le secret d'état.

FIN.